LE REPENTIR
DE LYON.

—————

RESPECT. PITIÉ.

Les nécessités de l'existence n'entrent point dans la mise du fond commun, ne ressortent point des lois fiscales...... Lorsque l'État s'oublie jusqu'à violer la plus sacrée des prescriptions, il en porte tôt ou tard la peine.

(Quelques vues sur les finances, 1815.)

PARIS,
A. PIHAN DELAFOREST,
IMPRIMEUR DE LA COUR DE CASSATION,
rue des Noyers, n° 37.
1831.

Ecoutez. Ce sont vœux d'homme loyal, et donc sans arrière pensée : ce sont vœux de citoyen fervent, et donc avec espoir ou de bord ou d'autre.

Des gens se rencontrent peut-être, qui poussent aux troubles et profitent des désastres, s'imaginant parvenir ainsi à leurs fins.

Comme si le noble lis, abattu sous les coups de la tempête, devait être relevé par quelque ouragan soufflant en sens opposé.

Déja imbécilles, si c'est que l'orgueil blessé, que l'ambition déçue, que la cupidité trahie, trompant la conscience, comme il arrive trop souvent, jettent sur des voies dénuées de chances et chargées de périls

Imbécilles encore, si c'est que le sentiment le plus pur, le dévouement le plus vif, viennent à persuader que le bien sortira du mal, que l'ordre renaîtra après le désordre, que la vie succédera à la mort.

Tout au contraire.

Ainsi et bientôt, le pays serait lancé hors du cercle des révolutions politiques, serait précipité dans l'abîme des révolutions sociales.

Ainsi et bientôt, s'ouvrirait l'ère de subversion des choses, de dévoration des êtres, dont apparaissent les signes précurseurs.

Voilà que le faîte de l'édifice social a été arraché avec fracas, et brisé en morceaux, et jeté au loin.

Et voici que l'édifice est miné, est sapé dans ses fondemens, menaçant de s'écrouler à ras terre.

Or faut-il se mettre à la recherche du faîte ; trop incertain de le rapporter à cette bâtisse altérée en ses formes, exagérée de dimensions,

Ou ne vaut-il pas mieux tenter de reprendre l'édifice en sous-œuvre, et de le raccorder dans les règles.

Car si l'édifice croule, s'il ne reste que des décombres, où placerez-vous le faîte, alors qu'il vous serait rendu par un décret de la Providence ?

Punir Lyon ! ! ! à quel titre ? à quelle fin ?

Entendez donc ce qui a été tant de fois dit et redit.

Les peuples, non plus que les femmes et les enfans, non plus que les chevaux et les chiens, n'ont jamais tort, dans l'origine toutefois.

L'être faible n'a jamais tort : et la cause, la preuve s'en rencontrent à la fois en ceci ; qu'il ne se révolte qu'au terme du désespoir.

L'être fort a toujours à s'en prendre à lui-même : soit qu'il n'ait pas su user ; soit qu'il ait voulu abuser de ses moyens.

Punir Lyon ! ! ! Le sang n'efface pas le sang. La vengeance évoque la vengeance.

Comment dire le mot si mal assorti aux lugubres souvenances ; si bien approprié aux circonstances matérielles.

Un malentendu, un quiproquo, a déterminé l'ouverture, a entretenu le cours de ce massacre, de ce carnage, sans exemple peut-être.

Nul ne sait si autre que le sort lui a donné naissance.

Mais d'où vient que les matières combustibles étaient entassées de longue main, et les têtes échauffées au plus haut degré ?

D'où vient qu'à l'étincelle fortuite, le cerveau a pris feu ?

C'est que l'incendie intellectuel sourdement alimenté, insensiblement couvé, éclate à l'improviste.

Que de choses à porter à son compte !

Accumulation de la main-d'œuvre dans les villes, et concentration de l'œuvre entre quelques personnes.

Appauvrissement, abrutissement de la classe ouvrière ; et dureté, cupidité, iniquité des maîtres.

Lisez plutôt les écrits publiés depuis huit ans (1).

Les vices y sont déduits : les suites en sont induites.

L'attrait du lucre égare d'abord : ensuite l'instinct de peur trouble.

---

(1) Qu'on ne s'y trompe pas. Le libéralisme du siècle, c'est-à-dire l'oligarchie de la classe moyenne, fait le mal avec plus de latitude, comme aussi avec plus de connaissance.

Son principe est de parvenir, de dominer : vis-à-vis les rangs supérieurs, en les abaissant au niveau ; vis-à-vis les classes subalternes, en les écrasant sous le joug.

D'un bord, il tend à se faire libre, et de l'autre, à se faire maître.

En place de la hauteur et de l'orgueil qui règnent ailleurs, c'est l'ambition, c'est l'avidité qui le gouvernent : passions d'autant moins susceptibles de réserve et de mesure.

Il faut lire, à ce sujet, les principes d'économie politique de M. de Sismondy ; œuvre capitale, en fait d'équité, d'humanité, et par suite étouffée dès sa naissance. (*De la limite de l'impôt*, janvier 1830.)

On ne concède point en droit ; on cède devant le fait : ainsi se trompant deux fois.

Voilà pour le particulier : voici pour le gouvernement.

Croit-on qu'une révolution s'opère à titre gratuit : et que d'une part les choses ne changent pas ; que de l'autre, les hommes ne se sentent pas ?

En même mesure, la puissance, la misère ont été semées, sont comme confondues.

Tant que la misère n'aura pas miné la puissance, la puissance se révoltera contre la misère.

Ici les actions de grâce doivent précéder les critiques. En somme, le peuple est redevable au pouvoir.

Dans la balance, le bien de la paix l'emporte : et parce qu'auprès de lui nul mal n'est comparable ; et parce qu'avec lui tout mal est réparable.

Mais le mieux n'est pas toujours l'ennemi du bien.

Mais il y avait en outre à entamer du moins, la tâche la plus importante :

Achèvement de la révolution ; non pas à l'ordre du principe abstrait, mais à l'appel des conséquences positives.

Etablissement de la société, au moyen de la répartition des forces, de la concentration des intérêts, de la satisfaction des droits.

Allégement des charges du peuple : par suite de l'épargne des services stériles, et du recours à la matière imposable.

Enfin , ralliement des classes dissidentes , à l'aide des institutions qui les rappellent , et en vue de l'augmentation du travail qui en résulte.

Rien n'a été fait.

Soit conviction loyale , soit vanité trompeuse , le pouvoir veut trop être, s'exposant ainsi à cesser d'être.

Le pouvoir ne veut rien faire, se condamnant ainsi à laisser tout faire tôt ou tard.

On prétend créer une pairie à la Louis XVIII , une couronne à la Louis XIV , une société à la Napoléon,

Seulement, et les hommes et les choses font défaut ;

Car le temps a marché , s'est hâté ; fortifiant et compliquant celles-ci , isolant et affaiblissant ceux-là.

On répugne à ériger des institutions locales , spéciales , libérales.

Et le pouvoir, en se transmettant de loin , perd de sa force à agir, comme de sa justesse à voir.

Et à défaut de l'autorité, ou par les torts de l'autorité , le désordre, la licence, l'anarchie éclatent.

Il n'y a qu'à revenir sur ses pas , à presser sa marche , à gagner le terme.

Il se peut qu'on y pense, et qu'on attende , et qu'on n'ose.

Soit que la crainte vienne, de prêter des armes

aux adversaires, ou de s'exposer aux attaques des adhérens, de la révolution.

Or les retards nuisent au lieu de servir.

Les uns se constituant de plus en plus en état de haine, de défiance, d'aigreur ; les autres s'enhardissant de plus en plus, en raison des craintes, des inquiétudes.

Cette loi est générale.

Qu'on soit juste, qu'on soit sage : et on devient fort.

Qu'on aille droit à la chose ; passant à travers et jetant de côté les hommes.

Les hommes délaissés s'apaisent ou s'effraient ; la chose fondée rappelle et rallie.

Qui montre du cœur, tient en respect : qui parle haut, se donne raison.

Plutôt que de périr, risquer tout est prudence.

Punir ! réprimer ! ces deux mots sont à rayer du dictionnaire.

Le droit manque pour punir : le pouvoir faillit à réprimer.

Sous les profonds sillons creusés par la foudre de juillet, le droit s'est enfoui en terre et le pouvoir à peine effleure le sol.

Quant à réprimer, avant de se faire maître à Lyon, qu'on se fasse libre à Paris.

Comment être à la fois dominé ici et dominant

ailleurs? Comment en même temps céder ici et ne pas concéder ailleurs ?

L'éloge même amène le reproche ; car les intentions loyales, les justes conceptions que ne peuvent nier la haine et l'envie, sont en pleine discordance avec maintes et maintes mesures.

Et cependant, en fait de politique abstraite, telle est l'apathie, l'incurie générale, que la sagesse et la justice ne seraient pas mal venues.

Si quelques feuilles crient encore, il n'y a pas même à tenter de les étouffer, au moyen de poursuites souvent nuisibles, toujours stériles.

A les faire taire, on les met en vogue : à les laisser parler, on les livre à la critique.

La politique abstraite s'est évanouie, s'est évaporée : et la politique matérielle lui succède, la supplante.

C'est ici qu'il y a lieu à compatir de sentiment, à condescendre par force.

Lyon à donné le signal, a élevé le drapeau : Lyon a ouvert, ce semble, l'ère fatale.

Il fallait prévenir la leçon : il ne reste qu'à en profiter.

Quant à punir, où est le droit? qui a le droit ? Questions prééminentes, préalables.

Car sans le droit, on ne punit pas, on se venge : et si la punition comprime, réprime, la vindication irrite, excite.

Or, qu'y a-t-il en France?

Un fait incontestable, un droit contesté.

Un fait dont la puissance n'est niée d'aucun bord; et même est attestée par la vaine résistance de ceux-ci, par les folles prétentions de ceux-là.

Un droit dont l'origine et la source, dont le mode et l'exercice, dont les limites et les conditions, sont entendues en mille et mille façons.

Le droit émané du ciel, le droit issu avec le sang, le droit acquis par le temps; tout cela n'est plus.

Le droit est à forger de nouveau, à fabriquer de toutes pièces; le droit est mis en débat et voté au scrutin, et inauguré sur papier.

Puis viennent la foi, l'amour, le respect !

Avec le temps, peut-être; avant le temps, non sans doute.

Eh ! bon Dieu ! les terreurs de l'avenir refoulant, réfrénant les douleurs du passé, n'ont plus que ce cri :

Travaillez, avancez, parvenez.

Même l'aveu n'a pas trop coûté, que le fait peut se légitimer, peut enfanter le droit.

Mais attendez que cela soit.

Mais n'allez pas armer d'une hache dont le coup tranche entre ce monde et l'autre monde ; n'allez pas investir de cette chaîne qui jette hors de la société : le droit, qui ne l'est encore que de nom :

Songez-y. Le droit à peine naissant, s'il est entaché de sang, s'il est empreint des fers, par cela

même émeut les sentimens, évoque les répugnan-
ces, et périt avant de venir à maturité.

Que le passé s'efface de la mémoire, et que l'a-
venir s'ouvre aux regards.

Le juste, le possible, se bornent à prévenir.

On n'a pas prévenu : il faut se le reprocher, s'en
repentir, se corriger ; sans quoi on ne préviendra
jamais.

Que de choses à dire !

Il est un prince : auquel un journal dont l'ambition flagorneuse est dépassée encore par la dé-
nigrante vanité, s'est permis de dire : *Qui vous a
fait roi ?*

Tout gît en ce mot.

Qui a été fait roi, n'a pas à se faire roi.

Qui a été fait roi, est roi peut-être ; et certes
n'est pas roi ainsi que le sont ou l'étaient les autres
rois.

Qu'il gouverne, mais qu'il ne règne pas.

En régnant, il se perd ; en gouvernant, il nous
sauve.

Il y a une chambre, dont les devoirs sont envers le peuple, dont les intérêts sont contre le
peuple.

Et dans cette sorte d'oligarchie, les lumières se
concentrent vers les intérêts, n'éclairent point sur
les devoirs.

Elle périt, et nous laisse périr, si ceci n'est pas entendu par elle.

« Les électeurs sont la pensée du peuple pour « les choix , comme les députés sont sa pensée « pour les lois. » (*M. de Pastoret*, an V.)

« Il n'y a que le peuple : on doit tout faire pour lui ; on ne peut rien faire par lui.

« En lui réside le droit absolu, le droit incréé ; de lui, émane le pouvoir relatif, le pouvoir concédé.

« Les électeurs représentent le peuple , bien que par extrait : les députés procèdent du peuple, bien que par intermédiaire.

« Le droit est confiné au peuple , est absorbé par le peuple.

« Chez les députés, chez les électeurs, le devoir seul existe, et n'existe qu'envers le peuple. » (*Des Mots vides de sens.*)

Il y a un cabinet : et l'homme en tête est puissant en œuvres, est riche de dévouement.

Que lui manque-t-il ?

Quant aux projets, de se dépouiller des souvenirs ; quant aux rapports , de se défendre des vivacités ; quant aux agens, de les surveiller : quant aux flatteurs, de les expulser.

Les royalistes de métier ont perdu la dynastie : il y a à se sauver des ministériels de métier.

Cela fait, son œil pénétrera au sein de la société, et saisira les vices accumulés par le temps,

et sondera les fibres palpitantes de douleur, ron-
gées par le désespoir.

Quelle tâche ! mais aussi quel prix !

La France périt du mal chronique : il faut rele-
ver le moral et redresser le matériel ; il faut réha-
biliter la société.

La religion est à protéger, à soutenir ; sauf à en
inventer une nouvelle.

La classe dissidente est à ramener dans la cité ;
sauf à la bannir du pays.

Les masses laborieuses ont à recevoir du travail ; sauf à les mitrailler de jour à autre.

L'autorité doit diviser et répartir ses fonctions ;
sans quoi, elle agit hors de propos, à l'aveugle.

La liberté doit être étendue, nivelée, garantie ;
sans quoi, les droits servent aux uns pour asser-
vir les autres.

L'humanité doit être tenue au-dessus de tout ;
sans quoi, le désespoir met fin à la société.

Cela est à la fois justice et sagesse ; cela fait
toute justice, toute sagesse.

Mais cela ne s'opère pas en un jour : et l'inter-
valle, le passage ont à être adoucis par la propice
attente.

On oublie trop que l'homme est au moins
pourvu d'intelligence et parfois doué de raison.

On oublie que la force morale éteinte dans l'i-
dée, se ravive par la parole.

Que le pouvoir parle avec simplicité, avec sincérité ; qu'il ne parle que par des organes loyaux et dévoués.

Qu'il mette aux prises, ses adversaires, en abolissant toutes les entraves de la presse.

La sagesse, la justice gagnent en s'exposant : tandis que la folie, la perfidie se perdent en disputant.

Ainsi les désastres de Lyon ne renaîtraient pas.

Ainsi le mal qu'on ne peut réprimer, qu'on ne doit pas punir, serait prévenu.

POST-SCRIPTUM.

Des propos circulent, qui peut-être n'ont point l'attache du gouvernement, qui pourtant agitent et révoltent la pensée.

« Le pouvoir n'a pas le droit d'*amnistie*.... Une *ré-*
« *volte* s'est opérée contre les lois... l'*ordre légal* a repris
« son cours... l'exercice du droit de *grâce* viendra après
« l'action de la *justice.* »

Ce sont des mots : quel est le sens ?

AMNISTIE. Il n'y eut jamais lieu à amnistie, qu'à l'effet d'engager à mettre bas les armes, à se rendre à discrétion.

Or, à Lyon, l'ordre est revenu, le calme a été rétabli par les fauteurs du trouble, avant l'arrivée des forces.

Lyon, ville deux fois mémorable dans l'histoire !

En 1793, elle se fait exterminer, se laisse incendier, en défendant la loi morale de tous les temps, contre la force brutale du jour.

En 1831, elle se repent des excès commis au moment de la colère ; elle se remet à la merci des lois, appelées au maintien de l'ordre.

Ce n'est pas le droit; c'est le fait qui manque à l'acte d'amnistie.

RÉVOLTE. Il n'y a point eu révolte contre les lois; il y a eu guerre entre les personnes.

ORDRE LÉGAL. Quelle expression à mille et mille sens !

Malheureux Lyonnais ! tour à tour, ils ont contre eux et l'ordre légal de 1793 et l'ordre légal de 1831.

Il y a l'ordre légal sans doute; il y a l'ordre moral aussi. C'est la loi et c'est le droit.

Et la loi, le droit sont en lutte constante, en révolte mutuelle, depuis l'origine des sociétés.

Celle-là fière et hautaine, qui est proclamée au bruit des tambours, des canons : celui-ci humble et timide , dont le cri plaintif ne pénètre point, ne commande pas.

L'une de sorte matérielle et temporaire et variable ; l'autre de nature morale, éternelle, immuable.

JUSTICE, GRACE ! On entend, ce semble, que la justice condamnera, que la grâce absoudra.

C'est-à-dire que pendant deux ou trois mois les rapports viendront et les mandats courront ; que les prisons seront encombrées et les échafauds apprêtés.

Puis, voilà qu'au signe d'en haut, la toile baisse et clôt la scène et met fin au drame.

Un tel mode serait fatal en double mesure : les haines , les défiances s'aggravant dans l'attente de la justice; et l'audace, l'insolence s'exaltant à l'avènement de la grâce.

Amnistie, révolte, justice !!!

Est-ce donc que ce mot d'ordre va opérer et l'apaisement des souffrances et le ralliement des discordes ?

Encore la légalité s'exerce tout à l'aise devant les cours, sur les places, dans les bagnes.

La force des armes est là, pour lui faire obéir : ailleurs, est la force des idées pour la faire haïr.

En vain, un acte est inopiné et comme involontaire : quiconque participe à l'acte, s'identifie avec les acteurs.

Voyez parmi les ouvriers, et les rumeurs, et les complots, et les attentats peut-être : voyez quant aux maîtres, la crainte et la fuite, le manque de crédit et de commande.

Qu'on donne un garde à chaque homme, une sauve-garde à chaque maison : ou les bras paralysés lègueront à nourrir des bouches insatiables.

Cependant la France a une opinion ; même, la France a un sentiment.

Si bien que de tous les points, à l'origine comme au terme des désastres de Lyon, l'esprit et l'ame ont été frappés d'une même impression :

Profonde douleur, profonde pitié.

Dans ce trouble immense, on ne sait quelle crainte instinctive, et de ses propres risques et de ses propres fautes, rend à la fois plus compatissant, plus indulgent.

Il y aurait à dire de la punition de Lyon, ce qui fut dit à la tribune, du licenciement de la garde nationale.

« Vous avez frappé au cœur, la France. »

Les suites se sont montrées : les suites se montreront encore.

Ce n'est pas tout.

L'armée est aussi de race française, de chair humaine. Et l'armée hésite déja dans les combats de rues ; l'armée répugne à voir des criminels dans les vaincus.

L'armée enfin, à la prendre homme par homme, mange et boit, joue et rit avec tels et tels hommes, qui pris en masse font le peuple.

Qu'on y songe ! L'armée ne se donne corps et cœur, ne s'aliène à merci qu'à la victoire, à la gloire.

Le droit ni la loi, l'ordre légal ni la justice ne l'enlèvent, ne s'en saisissent, ne la possèdent.

La France est sous le coup menaçant de cette alternative :

Ou que l'armée passe sous la forte main du guerrier, alors destinée à subjuguer la liberté.

Ou qu'elle échappe au faible doigt du législateur : alors se refusant à contenir, à comprimer l'émeute.

Pour Dieu ! ne devancez pas les temps ; ils vont assez vite.

Combien de plus à dire, si l'heure ne pressait !

Que le pouvoir prenne peur de lui-même.

L'homme se complaît dans la force, et s'abandonne à sa garde ; n'évitant plus les occasions, n'observant pas les précautions.

D'abord la force s'exerce à bon droit ; puis le droit se rattache à la force. Et cette alliance monstrueuse ne connaît plus ni règles, ni limite.

Sous la convention, les prisons, les échafauds, les spoliations en font foi. Sous l'empire, la conscription au-dedans et l'asservissement au dehors parlent de même.

Que sont devenus l'un et l'autre ?

Certes, le calme et l'ordre rentrés aussitôt dans Lyon, annoncent et augmentent la puissance du gouvernement.

Il a des graces à rendre, plutôt que des peines à infliger.

La victoire à main armée lui était fatale : la vengeance sous forme de loi, lui serait plus fatale.

DE L'IMPRIMERIE D'A. PIHAN DELAFOREST,
rue des Noyers, n° 37.